AF498053

ENDYMION,

PASTORALE

HEROIQUE;

REPRÉSENTÉE POUR LA PREMIERE FOIS

PAR L'ACADEMIE ROYALE

DE MUSIQUE;

Le Jeudy dix-sept May 1731.

DE L'IMPRIMERIE

De JEAN-BAPTISTE-CHRISTOPHE BALLARD,

Seul Imprimeur du Roy, & de l'Académie Royale de Musique.

M. DCCXXXI.

AVEC PRIVILEGE DU ROY.

LE PRIX EST DE XXX. SOLS.

AVERTISSEMENT.

CETTE Piece n'eſt pas entiere-
ment telle que le Public la voit
depuis long-temps imprimée avec
d'autres Ouvrages de la même main.
On en avertit, pour ne rien dérober
à l'Auteur de divers changements,
quelquefois aſſez conſiderables , où
la Muſique a cherché ſes avan-
tages.

ACTEURS ET ACTRICES

Chantants dans tous les Chœurs de la Paſtorale

Heroïque.

CôTE' DU ROY.

CôTE' DE LA REINE.

Meſdemoiſelles	*Meſſieurs*	*Meſdemoiſelles*	*Meſſieurs*
Dun.	Dun-Pere.	Antier-C.	Le Myre.
Dutillié.	Fiamand.	Tettelette.	Morand.
Duval-L.	S. Martin.	Charlard.	Deſerte.
Duval-C.	Goujet.	Delorge.	Plet.
Lavallée.	Jolly.	Sabatie.	Dautrep.
Gomeny.	Lefevre.		Valentin.
	Marcelet.		Beſſon.
	Buſeau.		Laſalle.
	Deshais.		Ducheſne.
	Dupleſſis.		Houbault.
	Combault.		

ACTEURS
DE LA PASTORALE.

DIANE,   Mlle. Pelliſſier.

PAN,   M^r. Chaſſé.

ENDIMION, *Berger,*   M^r. Tribou.

ISMENE, *Bergere,*   Mlle. Jullye.

LYCORIS, *Confidente de* DIANE, Mlle. Petitpas.

EURILAS, *Confident d'*ENDIMION, M^r. Dun.

UN BERGER,   M^r. Dumaſt.

UN SATYRE,   M^r. Dumaſt.

UNE NYMPHE,   Mlle. Petitpas.

PREMIERE BERGERE,   Mlle. Petitpas.

DEUXIE'ME BERGERE,   Mlle. Mignier.

UNE HEURE,   Mlle. Jullye.

UNE DRIADE,   Mlle. Mignier.

L'AMOUR,   Mlle. Petitpas.

DEUX AMOURS,   Mlles. Dun, Duval-C.

ACTEURS DANSANTS
DE LA PASTORALE.

PREMIER ACTE.

NYMPHES DE DIANE;

Mademoiselle Richalet ;

Mesdemoiselles Durocher, Carville, Thybert, Feret, Rabon , Favre, Lamartiniere.

SECOND ACTE.

BERGERS ET BERGERES;

Monsieur D-Dumoulin ; Mademoiselle Camargo ;

Monsieur Laval ;

Messieurs P-Dumoulin , F-Dumoulin , Malter-L., Hamoche , Dangeville.

Mesdemoiselles Richalet , Rabon , Thybert, Durocher , Feret.

TROISIE'ME ACTE.

FAVNES ET DRIADES;

Monfieur Dupré ;

Meffieurs Savar , Renaud , Dumay , Dupré.
Mademoifelle Mariette ;

Mefdemoifelles Thybert , Lamartiniere , Feret,
Richalet , Rabon.

QUATRIE'ME ACTE.

LES HEVRES;

Mademoifelle Richalet ;

Mefdemoifelles Durocher , Thybert , Favre , Rabon,
Lamartiniere , Feret.

CINQUIE'ME ACTE.

JEUX ET PLAISIRS;

Monſieur D-Dumoulin ;

Mademoiſelle Camargo ;

Meſſieurs Dangeville , Javilliers , Dumay, P-Dumoulin.

Meſdemoiſelles Durocher , Richalet , Feret, Rabon.

ENDIMION,

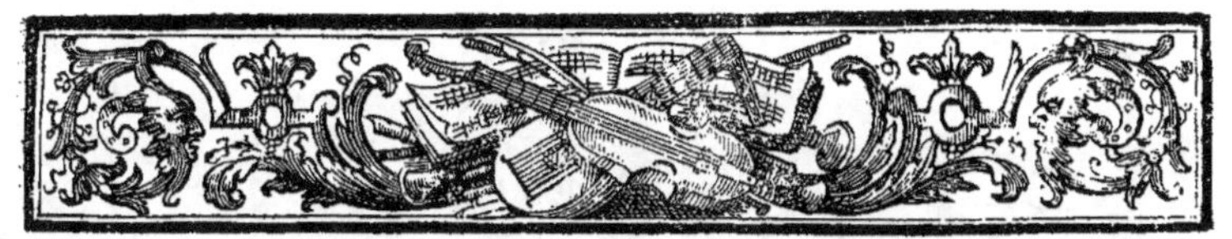

ENDIMION,
PASTORALE
HEROIQUE.

ACTE PREMIER.
Le Theâtre repréfente un Bois.

SCENE PREMIERE.
PAN, LICORIS, UN SATYRE.

LICORIS, à PAN.

Eſſez, ceſſez d'être Amant d'une Ingrate.
LE SATYRE.
Choiſiſſez mieux l'Objet de vos deſirs.
LICORIS.
Dans vôtre amour il n'eſt rien qui vous flate.
LE SATYRE.
Ne perdez point de precieux ſoûpirs.

A

L I C O R I S.

Diane est belle & charmante,
Mais elle est indifferente ;
Sa froideur ne doit-t-elle pas
Vous la faire voir sans appas ?

LE SATYRE ET LICORIS.

Cessez, cessez d'être Amant d'une Ingrate,
Choisissez mieux l'Objet de vos desirs,
Dans vôtre amour il n'est rien qui vous flate,
Ne perdez point de precieux soûpirs.

P A N.

La froideur & l'indifference
Ne font qu'une fausse apparence
Qui ne doit pas décourager.
Prés d'un Amant fidelle,
Est-il une Cruelle
Qui ne soit en danger ?

L I C O R I S.

Quittez une vaine esperance.

PASTORALE HEROIQUE.   ;

LE SATYRE.

Du moins vous courez le hazard
De soûpirer sans recompense.

LICORIS.

Quittez une vaine esperance.

LE SATYRE.

Dûssiez-vous être heureux, vous le seriez trop tard.

PAN.

Je ne sens point mon cœur effrayé des obstacles,
Pour les surmonter tous il est d'heureux moments ;
Mais quand l'amour fait des miracles,
Ce n'est pas en faveur des timides Amants.

PAN sort avec le Satyre, & Licoris demeure seule
pendant quelques moments.

A ij

SCENE II.

DIANE, LICORIS.

LICORIS, à DIANE qu'elle voit arriver.

Quel bonheur vous conduit dans ce Bois solitaire,
  Sans y trouver un Amant odieux?
  Pan vient de sortir de ces lieux.

  Malgré vôtre humeur sévere,
  Le moins aimable des Dieux
  A fait dessein de vous plaire,
  Rien ne marque mieux
  Que la raison ne tient guere,
  Contre l'éclat de vos yeux.

DIANE.

Laissons à cet Amant une audace si vaine,
Elle aura le succès qu'elle peut meriter.
  Mais que me veut Ismene?
  Il la faut écouter.

SCENE III.

DIANE, LICORIS, ISMENE.

ISMENE.

DEeſſe, à vos genoux qu'avec reſpect j'embraſſe,
　　Puis-je eſperer d'obtenir une grace ?
Mon cœur s'eſt dégagé d'un malheureux amour ;
Souffrez que deſormais je vous ſuive à la Chaſſe,
　　Recevez-moy dans vôtre Cour.
L'Amour n'oſe ſur vous étendre ſa puiſſance,
Je connois ſes rigueurs, je crains encor ſes coups,
　　Je ne puis être en aſſurance
　　Si je ne ſuis auprès de vous.

DIANE.

　　Quels malheurs, quels deſtins contraires
De l'Amour pour jamais vous font rompre les nœuds ?
Endimion toûjours neglige-t-il vos vœux ?

ISMENE.

Il redouble pour moy ſes mépris ordinaires,
Il renonce au projet qu'avoient formé nos Peres
　　De nous unir tous deux.

Trop funeſte projet, où je crus tant de charmes,
　　Combien m'as-tu coûté de larmes !
　　Helas ! tu n'as fait qu'exciter
　　Un feu qu'il faut éteindre ;
　　Tu me donnois, pour l'augmenter,
　　De vains ſujets de me flater,
　　Et le triſte droit de me plaindre.

D I A N E.

Quand l'Amour eſt en couroux,
Son couroux n'eſt pas durable.
Endimion eſt aimable ;
S'il revient jamais vers vous
Serez vous inéxorable ?

Vous ne répondez point, je voy vôtre embarras.

I S M E N E.

Daignez me preſſer moins, il n'y reviendra pas.

D I A N E E T L I C O R I S.

Vous aimez, vous aimez encore.

I S M E N E.

Non, non, mes liens ſont rompus.

D I A N E E T L I C O R I S.

Vous aimez, vous aimez encore.

I S M E N E.

Si j'aime encor, helas ! permettez que j'implore
Vôtre ſecours pour n'aimer plus.

D I A N E.

Vous dont je ſuis la ſouveraine,
Nymphes, qui ſur mes pas vous plaiſez à chaſſer,
Recevez parmy vous Iſmene,
A l'Amour comme vous elle veut renoncer.

SCENE IV.

DIANE, ISMENE, NYMPHES DE DIANE.

CHŒUR DES NYMPHES.

Nous goûtons une paix profonde,
Venez, venez parmy nous :
Que l'Amour au reste du monde
Fasse ressentir ses coups,
Ils n'iront point jusqu'à vous.
Venez, venez parmy nous.

Nous goûtons une paix profonde,
Venez, venez parmy nous.

Danses des Nymphes.

UNE NYMPHE.

Les biens qui contentent nos cœurs,
Viennent s'offrir à nous sans nous coûter de larmes,
L'amour le plus heureux a toûjours ses allarmes
Aux innocents plaisirs il oste leurs douceurs,
Les Chansons des Oyseaux, les Ombrages, les Fleurs,
Les doux Zephirs, ont pour nous tous leurs charmes.

8 ENDIMION,

DIANE à ISMENE.

Puisqu'enfin vôtre cœur persiste dans son choix,
Recevez de ma main & l'Arc & le Carquois.

CHOEUR DES NYMPHES.

Joüissez de l'heureux partage
Qui vous est presenté.

UNE NYMPHE.

L'Amour de toutes parts fait un affreux ravage,
Goûtez-en davantage
Le prix de la tranquilité.

LES NYMPHES.

Joüissez de l'heureux partage
Qui vous est presenté.

LA NYMPHE.

Quand tout gemit dans l'esclavage,
Qu'il est doux d'être en liberté!

ENSEMBLE.

Joüissons de l'heureux partage
Qui nous est presenté.

Elles sortent avec Ismene.

SCENE V.

SCENE V.

DIANE, LICORIS.

DIANE.

Que tu prens un soin inutile,
Ismene ! quelle erreur conduit icy tes pas ?
Tu veux auprès de moy rendre ton cœur tranquille,
Et le mien ne l'est pas,
Tu fuis Endimion, helas !
Que tu choisis mal ton azile !

LICORIS.

Sans sçavoir de quel trait vôtre cœur est atteint,
Elle se plaint à vous d'une flâme fatale :
Avec plaisir on voit une Rivale
Qui souffre, & qui se plaint.

DIANE.

En écoûtant ses maux, ma honte étoit extrême,
D'imposer à ses yeux par un calme apparent ;
J'ay bravé de l'Amour la puissance suprême,
Et l'on me croit toûjours la même ;
Mais je ne joüis plus des honneurs qu'on me rend,
Et l'on me reproche que j'aime,
Quand on vient me vanter mon cœur indifferent.

B

LICORIS.

Dégagez-vous, songez que vous étes Déeſſe,
Et daignez voir quel choix vous avez fait.

DIANE.

Je rougis de ma tendreſſe,
Et non pas de ſon objet;

L'aimable Berger que j'adore,
N'a pas beſoin d'un rang qui s'attire les yeux,
Il a mille vertus que luy-même il ignore,
Et qui feroient l'orgüeil des Dieux.

LICORIS.

Mais, s'il ne ſort jamais de ſon indifference....

DIANE.

Je ſçay trop à quels maux je dois me preparer.

Un éternel ſilence
Cachera cet amour dont ma gloire s'offenſe:
En ſecret ſeulement j'oſeray ſoûpirer;
Je languiray ſans eſperance,
Et craindray même d'eſperer.

FIN DU PREMIER ACTE.

ACTE SECOND.

Le Théâtre repréſente un Temple ruſtique que les Bergers ont élevé pour D I A N E ; & qui n'eſt pas encore conſacré.

SCENE PREMIERE.

E N D I M I O N , E U R I L A S.

E N D I M I O N.

Quel jour, quel heureux jour, je vais voir celebrer !
Nos Bergers pour Diane ont ſecondé mon zele ;
Ce Temple par mes ſoins eſt élevé pour elle,
Et nous allons le conſacrer.

B ij

Jamais par des soupirs mon amour ne s'exprime ;
Du moins par des Autels je le marque sans crime.
   Ce détour, ce déguisement
   Convient à mon respect extrême ;
   Et mon cœur, pour cacher qu'il aime,
   Feint qu'il adore seulement.

EURILAS.

   Cachez moins un amour fidelle ;
   Vous n'étes qu'un Berger,
   Diane est immortelle :
   Mais des appas d'une Belle,
   Tous les yeux peuvent juger,
Et tous les cœurs ont droit de s'engager.

ENDIMION.

Si j'étois immortel, & Diane Bergere,
   Je craindrois encor sa colere :
   Mes feux n'osent paroître au jour,
Je gémis sous les loix que le respect m'impose ;
Mais sa Divinité n'en est pas tant la cause,
   Que ses appas & mon amour.

EURILAS.

   Que peut prétendre un Amant, dont la peine
   Ne doit jamais se découvrir ?
   Que n'avez-vous pris soin de vous guérir
   Par l'hymen de l'aimable Ismene ?

Près d'un Objet dont on est adoré,
On oublie à la fin une Beauté cruelle :
D'une funeste flâme un cœur n'est délivré,
Que par une flâme nouvelle ;
Et contre les Amours,
Les Amours seuls sont un secours.

ENDIMION.

Je meurs d'un feu trop beau pour le vouloir éteindre,
Je ne puis esperer, & je n'ose me plaindre :
Cependant un plaisir qui ne peut s'exprimer,
Adoucit en secret des peines si cruelles.
Au milieu de mes maux, je m'applaudis d'aimer
La plus fiere des Immortelles.

EURILAS.

La Fierté plaît, lorsque l'on est flaté
Du doux espoir de la victoire ;
Mais vous ne pouvez croire
Que Diane jamais perde sa liberté ;
Quel charme a pour vous sa fierté ?

ENDIMION.

Elle redouble sa gloire,
Et le prix de sa beauté.

Je vois de nos Bergers la troupe qui s'avance.
Eurilas, il est temps que la fête commence.

S C E N E II.

E N D I M I O N, Troupe de B E R G E R S & de B E R G E R E S.

E N D I M I O N.

Ecoûtez ces Bergers, qui parlent par ma voix,
Déesse, daignez quelquefois
Visiter ce Temple rustique,
On vous éleve ailleurs des Temples éclatans ;
Mais dans un lieu plus magnifique
On n'offre pas des vœux plus purs ny plus constants.

Danse des Bergers.

P R E M I E R B E R G E R.

Brillant Astre des nuits, vous reparez l'absence
Du Dieu qui nous donne le jour :
Vôtre Char, lorsqu'il fait son tour,
Impose à l'Univers un auguste silence ;
Et tous les feux du Ciel composent vôtre Cour.

UNE BERGERE.

En defcendant des Cieux , vous venez fur la terre,
            Regner dans les vaftes Forefts.
Vôtre noble loifir fçait imiter la guerre,
Les Monftres dans vos Jeux fuccombent fous vos
    traits.

UNE BERGERE, UN BERGER,

EURILAS.

ENSEMBLE.

Jufque dans les Enfers vôtre pouvoir éclate ;
Les Manes , en tremblant , écoûtent vôtre voix :
            Au redoutable nom d'Hécate,
Le févere Pluton rompt luy-même fes Loix.

On danfe.

CHOEUR.

Que le Ciel , que la Terre , & le fombre Rivage ,
Que tout rende à Diane un éternel hommage :
Que de vœux differents elle doit recevoir !
        Chantons fa puiffance fuprême ,
        Le Maître des Dieux même ,
        N'étend pas fi loin fon pouvoir.

E N D I M I O N.

Vos éloges, Bergers, touchent peu la Déeſſe ;
Songeons plûtôt à vanter
Son cœur exempt de foibleſſe,
Et nos Chants pourront la flatter.
Faites-vous un effort pour elle,
Malgré l'Amour dont vous ſuivez la Loy ;
Célébrez la gloire immortelle
D'un cœur toûjours maître de ſoy.

C H OE U R.

Un triomphe éclatant augmente vôtre gloire,
C'eſt en vain que l'Amour veut s'armer contre vous,
Vôtre inſenſible cœur a ſçû braver ſes coups ;
Et le Vainqueur des Dieux vous céde la victoire.

SCENE III.

SCENE III.

DIANE DESCEND DU CIEL.

DIANE, LICORIS, ENDIMION, BERGERS.

DIANE.

BErgers, jusqu'en ces lieux vôtre hommage m'attire,
De sinceres respects sçavent charmer les Dieux;
Mais je viens arrêter des chants audacieux,
  Que trop de zele vous inspire.

  Il suffit de fuir les Amours,
  Et d'éviter leur esclavage;
  Mais, par de superbes discours,
  Il ne faut point leur faire outrage.
  Il suffit de fuir les Amours,
  Il ne faut point leur faire outrage.

  Retirez-vous, c'en est assez :
Vos encens & vos vœux seront recompensez.

    Tous les Bergers se retirent.

        C

S C E N E I V.

D I A N E, L I C O R I S.

L I C O R I S.

Ciel! quel étonnement de mon ame s'empare!
Quoy! vôtre noble orgüeil se dément en ce jour?
Diane hautement déclare
Qu'Elle est moins contraire à l'Amour!

D I A N E.

Endimion ordonnoit cette Feste,
Luy, dont mon cœur est la conqueste?
En outrageant l'Amour il croyoit me flater.
Excuse ma foiblesse,
Son erreur blessoit ma tendresse,
Et je n'ay pû la supporter.

L I C O R I S.

Ne me déguisez rien, vous luy voulez apprendre
Que jusqu'à vous il peut lever les yeux:
Vous prenez pour parler un tour misterieux;
Mais vous voulez qu'il ose vous entendre.

D I A N E.

Pourrois-je le vouloir? Ciel! quelle honte, helas!
Du moins, si je le veux, ne le penetre pas.

FIN DU SECOND ACTE.

ACTE TROISIEME.

Le Theâtre repréſente un Lieu champêtre.

SCENE PREMIERE.

PAN, ENDIMION, EURILAS, UN SATYRE.

PAN.

Ergers, croiray-je un bruit qui vient de ſe
répandre.
Diane a-t-elle protegé
L'Amour par vos chants outragé?

ENDIMION ET EURILAS.

Elle-même a paru pour le venir défendre.

C ij

PAN.

Ah! j'obtiendray le prix que merite ma foy.
A l'Amour désormais Diane est moins rebelle,
    J'ose seul soûpirer pour elle,
Ce changement ne regarde que moy.

Avec bien de l'amour on est toûjours aimable;
La Beauté que je sers étoit impitoyable;
Je sçay que je dois peu compter sur mes appas;
Mais mon cœur m'assuroit d'un succès favorable,
Je l'ay crû sur sa foy, je ne m'en repens pas.
Avec bien de l'amour on est toûjours aimable.

LE SATYRE.

Aimez, aimez, j'approuve enfin vos feux,
    Puisqu'ils vont être heureux.

PAN.

Je veux, je veux marquer ma joye à la Déesse:
    Que les Faunes s'assemblent tous;
    Qu'ils viennent remplis d'allégresse,
L'applaudir dès ce jour d'un changement si doux.

ENDIMION.

Quoy! déja vôtre amour s'apprête
A faire éclater sa conquête?

EURILAS.

L'Amant d'une fiere Beauté
Doit ménager sa vanité ;
S'il fait des progrès, il doit feindre
De ne pas s'en appercevoir ;
Il faut qu'il ait l'Art de se plaindre,
Au milieu du plus doux espoir.

PAN.

Et bien, sans montrer que j'espere,
Rendons hommage à ses attraits,
Et par des soins qui ne peuvent déplaire,
Contentons des transports qu'il faut tenir secrets.

SCENE II.
ENDIMION, EURILAS.

ENDIMION.

Quel coup affreux quel coup terrible
Vient combler tous les maux qui déchiroient mon cœur!
Je me flattois d'aimer une Insensible,
Je ne puis conserver un si cruel bonheur.

Que la fierté de Diane étoit belle!
Mais, qu'Elle a fait un choix indigne d'elle!
Si ses appas me faisoient soûpirer,
Sa gloire me charmoit plus que ses appas même;
Et je perds le plaisir extrême,
Que je sentois à l'admirer.

Vengeons-nous vengeons-nous d'une injure mortelle,
Il ne me reste plus que ce funeste bien;
Ostons à l'Infidelle, un cœur tel que le mien.

EURILAS.
Quelle fidelité Diane vous doit-elle?
Vos cœurs n'ont pas été dans un même lien.

ENDIMION.
Elle devoit m'être fidele,
Du moins en n'aimant jamais rien.

Toy-même , Tu m'as dit qu'en époufant Ifmene ,
    Et fon amour & mon devoir
Se feroient oppofez au penchant qui m'entraîne ;
    Je veux effayer leur pouvoir.
Je veux redemander Ifmene à la Déeffe ,
Heureux , fi de fes mains je pouvois recevoir
    Ce qui doit venger ma tendreffe !

EURILAS.

    C'eft affez de fe guerir ,
    La vengeance eft inutile ;
    Pourvû que vous foyez tranquille ,
Qu'importe qu'une Ingrate ait peine à le fouffrir ?
    La vengeance eft inutile ,
    C'eft affez de fe guerir.

ENDIMION.

Si je ne fuivois pas ce confeil falutaire ,
    Tous les Dieux devroient m'en punir.

La Déeffe paroît , je vais te fatisfaire ,
    A mon repos Ifmene eft neceffaire ,
    Je vais tâcher de l'obtenir.

SCENE III.
DIANE, ENDIMION.

ENDIMION.

DEeſſe, mon audace eſt peut-être trop grande,
De croire avoir le droit d'implorer vos bontez.
Si je merite peu ce que je vous demande,
    Les bienfaits des Divinitez
    Ne peuvent être meritez.

DIANE.

Parlez, vous me verrez répondre à vôtre attente.

ENDIMION.

Iſmene a le bonheur d'être de vôtre Cour,
Je ne ſçay cependant ſi ſon ame eſt contente ;
    Daignez ſouffrir ſon retour,
    Si j'obtiens qu'Elle y conſente,
    Daignez la rendre à mon amour.

DIANE.

Quoy ! vous l'aimez, vous dont l'indifference
    Rejettoit ſes vœux & ſes ſoins ?

ENDIMION.

    Quand on y penſe le moins,
    Souvent l'amour prend naiſſance.

La

La pitié, le repentir,
Tout vers Ifmene me rapelle;
Sa retraite m'a fait fentir
Combien je perdois en elle.

DIANE.

Berger, ce que vous fouhaitez,
N'eft pas une legere grace.

ENDIMION.

Si jamais des Mortels les vœux font écoûtez...

DIANE.

Allez, je refoudray ce qu'il faut que je faffe,
Et vous fçaurez mes volontez.

D

S C E N E   I V.
D I A N E.

OU suis-je? Endimion pour Ismene soûpire,
Et moy, je me livrois au charme qui m'attire.
Déja je trahissois le secret de mon feu.
Après une foiblesse inutile & honteuse,
Après avoir envain commencé cet aveu,
Quelle vengeance rigoureuse....
Mais, quoy? ne dois-je pas me croire trop heureuse,
Que l'Ingrat m'entende si peu?

En me causant une douleur extrême,
Il met du moins, ma gloire en seureté:
S'il ne m'eût soûtenue, helas! contre luy-même,
J'oubliois toute ma fierté.

Mais, qu'il ne pense pas que je luy rende Ismene:
Qu'il n'attende pas mon secours,
Pour former une indigne chaîne;
Je redeviens Diane, & veux l'être toûjours,
Je reprens ma premiere haine
Pour tous les cœurs esclaves des Amours.

Je voy le Dieu des Bois, faut-il que je l'entende?
Ma peine, ô Ciel! n'est donc pas assez grande?

SCENE V.

DIANE, PAN, FAUNES, SILVAINS ET DRIADES.

PAN.

DEeſſe, ſouffrez qu'en ce jour
Tous les demy-Dieux de ma Cour
Se ſoûmettent à vôtre Empire :
Mes ſoins ne peuvent ſeuls ſuffire,
A vous marquer tout mon amour.

Que les Forêts, que les Monts applaudiſſent
Au choix qu'a fait le Dieu des Monts & des Forêts ;
Que les Antres les plus ſecrets,
Sans ceſſe retentiſſent
De Diane & de ſes attraits ;
Que tous les autres chants finiſſent.
On ne doit célebrer qu'un Objet ſi charmant
Dans tous les lieux où regne ſon Amant.

CHOEUR.

Que les Forêts, que les Monts applaudiſſent
Au choix qu'a fait le Dieu des Monts & des Forêts ;
Que les Antres les plus ſecrets,
Sans ceſſe retentiſſent
De Diane & de ſes attraits ;
Que tous les autres Chants finiſſent.
On ne doit célébrer qu'un Objet ſi charmant,
Dans tous les lieux où regne ſon Amant.

Danſes des Faunes.

D ij

UNE DRIADE.

DAns nos Forêts tout plaît, tout enchante,
Souvent l'Amour
Y conduit sa Cour ;
De ses bienfaits la douceur constante,
Loin des Amants,
Bannit les tourments.

Quand sous ses loix ce Dieu nous engage,
Sans s'allarmer,
Il suffit d'aimer.
De ce Vainqueur l'aimable esclavage
Nous offre des nœuds,
Au gré de nos vœux.
Que ses traits ont de charmes !
Qu'on luy rende les armes :
Devroit-on seulement
Perdre un moment ?

Dans nos Forêts tout plaît, tout enchante,
Souvent l'Amour
Y conduit sa Cour ;
De ses bienfaits la douceur constante,
Loin des Amants,
Bannit les tourments.

Quittez nos bois, Beautez inhumaines,
Ne troublez pas d'heureux foûpirs,
Icy nos chaînes,
Au lieu de peines,
Ne prefentent que des plaifirs.

Douce Efperance,
Tu prens naiffance
Prefqu'auffi-tôt que les defirs.

Dans nos Forefts tout plaît, tout enchante,
Souvent l'Amour
Y conduit fa Cour ;
De fes bienfaits la douceur conftante,
Loin des Amants,
Bannit les tourments.

P A N.

Regnez, regnez fur nous, adorable Immortelle,
Faites-vous une Cour nouvelle ;
Sur les Faunes, fur les Silvains,
Etendez déformais vos ordres fouverains.

C H OE U R.

Regnez, regnez fur nous, adorable Immortelle,
Faites-vous une Cour nouvelle ;
Sur les Faunes, fur les Silvains,
Etendez deformais vos ordres fouverains.

On danfe.

UNE DRIADE, alternativement
avec le Chœur.

LA DRIADE.

CHantons dans ces Retraites:
Echos de ces Bois,
Répondez à nos voix;
Du Dieu qui les a faites,
Chantons mille fois,
Les aimables Loix.

LE CHOEUR, Chantons, &c.

LA DRIADE.

Regards, soûpirs, silence,
Tout parle d'amour,
Tout l'exprime à son tour;
Jamais l'indifference,
Jamais le mépris
N'en devient le prix.

LE CHOEUR, Chantons, &c.

LA DRIADE.

Tout plaît, tout rit, tout charme,
Les cœurs volent tous,
Au devant de ses coups,
Il regne dès qu'il s'arme;
Les moindres faveurs
Sont des traits vainqueurs.

LE CHOEUR, Chantons, &c.

P A N.

Approuvez une ardeur que rien ne peut éteindre,
Déeſſe, ſous vos loix l'Amour m'a ſçû ranger.

D I A N E.

A recevoir vos ſoins j'ay voulu me contraindre,
Peut-être en les fuyant j'aurois paru les craindre:
Quand on eſt trop ſévere, on ſe croit en danger;
Je veux vous annoncer d'une ame plus tranquille,
Que vôtre amour eſt inutile,
Et qu'il faut vous en dégager.

Elle ſort.

S C E N E VI.

PAN, FAUNES, SILVAINS, LE SATYRE.

P A N.

AY-je bien entendu cet orgueilleux langage?
Elle me brave impunément,
Et je demeure icy frapé d'étonnement !
Non, ce n'eſt pas ainſi, Cruelle, qu'on m'outrage,
N'attendez plus les reſpects d'un Amant,
N'attendez que l'emportement
D'un cœur qui ſe livre à la rage.

ENDIMION,

LE SATYRE.

Les transports les plus furieux
Ne punissent point une Ingrate ;
Le dépit, le courroux la flate ;
Jamais on ne la punit mieux,
Que lorsqu'à ses superbes yeux
Une nouvelle ardeur éclate.

PAN.

J'approuve tes conseils, j'éteins d'indignes feux.

ENSEMBLE.

Par un amour nouveau, par de plus tendres nœuds,
{ Abbaissez, confondez
{ Abbaissons, confondons } l'orgueil de l'Inhumaine ;
Qu'Elle en gemisse, qu'Elle apprenne,
Que sans elle on peut être heureux.

FIN DU TROISIE'ME ACTE.

ACTE IV.

ACTE QUATRIE'ME.

Le Theâtre repréfente une Foreft agréable.

SCENE PREMIERE.

ISMENE.

SOmbres Forefts qui charmez la Déeffe,
    Doux azile où coulent mes jours,
Plaifirs nouveaux qui vous offrez fans ceffe,
Pourquoy ne pouvez-vous furmonter ma trifteffe?
Ah! j'attendois de vous un plus puiffant fecours.

Qui peut me rendre encor incertaine, inquiéte?
J'aimois un Infenfible; & ce que j'ay quitté
    Ne doit pas être regreté:
Cependant, fans fçavoir ce que mon cœur regrete,
    Je le fens toûjours agité.

Sombres Forefts qui charmez la Déeffe,
    Doux azile où coulent mes jours,
Plaifirs nouveaux qui vous offrez fans ceffe,
Pourquoy ne pouvez-vous furmonter ma trifteffe?
Ah! j'attendois de vous un plus puiffant fecours.

E

SCENE II.

DIANE, LICORIS, ISMENE.

DIANE.

Ismene, parlez-moy sans feinte :
Endimion vous redemande à moy ;
D'une tendre douleur, j'ay vû son ame atteinte :
Ismene, parlez-moy sans feinte :
Voulez-vous renoncer à vivre sous ma loy ?

ISMENE.

O Ciel ! que ma surprise est grande !
Quoy ? cet Ingrat....non, non, je ne le puis penser.

DIANE.

A son amour naissant il veut que je vous rende,
Répondez, je vous le commande :
A vivre sous ma loy voulez-vous renoncer ?

ISMENE.

Vous sçavez qu'à jamais je m'y suis asservie,
Rien ne peut ébranler ma foy.
A suivre d'autres loix si l'amour me convie,
L'Amour sans vôtre aveu ne peut plus rien sur moy.

DIANE.

J'entens ce que vous n'osez dire :
J'useray bien de mon empire,
Je verray vôtre Amant, allez, attendez-vous
A recevoir les ordres les plus doux.

SCENE III.
DIANE, LICORIS.

LICORIS.

AInsi, vous permettez qu'Ismene soit contente,
Vôtre cœur à jamais reprend sa liberté ;
J'ay vû par son amour ce grand cœur agité,
Mais la gloire a vaincu, Diane est triomphante.

DIANE.
Cesse de presenter ce triomphe à mes yeux,
Il me coûte trop cher pour être glorieux.

ENSEMBLE.
Qu'on est foible, quand on aime ;
Qu'il est difficile, helas !
De vaincre un amour extrème !
Après la victoire même
On rend encor des combats.

LICORIS.
C'est une peine affreuse
De rendre une Rivale heureuse,
C'est un effort cruel pour un cœur amoureux ;
Mais lorsque la gloire est contente,
Songez quelle douceur charmante
Doit goûter un cœur genereux.

E ij

 ENDIMION,

DIANE.

Endimion dans ces lieux va paraître,
Mon deſſein va s'executer.
Je vais. . .mais, quoy? je ſens mon cœur ſe revolter,
Je ſens ma foibleſſe renaître;
Par de nouveaux efforts faut-il la ſurmonter?
Dans quel deſordre je retombe!
Que je crains qu'à la fin ma raiſon ne ſuccombe!

Cruel Amour, es-tu content?
Seule je te bravois dans la Troupe celeſte,
Mais ſur mon cœur enfin ton Empire s'étend:
Tu vois ce cœur ſi fier, interdit & flotant;
Le peu de force qui me reſte
Peut me quitter en un inſtant;
Suis-je pour toy dans cet état funeſte
Un triomphe aſſez éclatant?
Cruel Amour, es-tu content?

LICORIS.

Je vois Endimion: paroiſſez plus tranquile,
Prononcez un aveu qui vous fait ſoûpirer:
Plus cet effort eſt difficile,
Moins vous devez le differer.

SCENE IV.

DIANE, ENDIMION.

DIANE.

VEnez, Endimion, tout vous est favorable,
J'accorde Ismene à vos desirs.

ENDIMION.
Ah! que mon sort est déplorable!

DIANE.
Que dites-vous? d'où naissent ces soûpirs?

ENDIMION.
Jusque dans vos bontez le destin m'est contraire,
Que ne rejettiez-vous des vœux trop mal conçûs?

DIANE.
Quelle plainte osez-vous me faire?
Quoy? c'est ainsi que mes dons sont reçûs?

Que devient dès ce jour cette flâme nouvelle,
Qu'Ismene en vous fuyant a sçû vous inspirer?

ENDIMION.
Helas! pouvez-vous ignorer
Que je suis sans amour pour elle?

Mon trouble , mes vœux incertains ,
Ces soûpirs échapez , mes bizares desseins ,
Tout ne vous dit-il pas qu'un autre amour m'enflâme ;
Que j'ay voulu l'arracher de mon ame ,
Et que tous mes efforts sont vains ?

DIANE.

Vous voulez sortir d'esclavage ,
Suivez vôtre projet avec plus de courage.

On ne surmonte pas d'abord
Le doux penchant qui nous entraîne ,
Ce n'est pas un premier effort
Qui brise une amoureuse chaîne.

ENDIMION.

Non , je veux conserver un malheureux amour ;
Que vous importe-t-il que j'en perde le jour ?

DIANE.

Je veux dans tous les cœurs , autant qu'il m'est possible,
Etablir la tranquilité ;
Il n'est rien de plus doux pour une ame insensible,
Que de voir en tous lieux regner la liberté.

ENDIMION.

Pourquoy , Déesse impitoyable ,
A combattre mes feux voulez-vous m'engager ?
Je sçay que je ne suis qu'un Mortel , qu'un Berger;
Mais lorsque j'ose aimer un Objet adorable ,
Du moins je ne suis pas coupable
D'un témeraire aveu , qui devroit l'outrager.

De mon crime secret la peine est assez grande,
J'étouffe mes soûpirs & mes gémissements;
Déesse, par pitié, laissez-moy mes tourments,
C'est tout le prix que je demande.

DIANE.

Qu'entens-je ? quoy ! Berger.....

ENDIMION.

Qu'ay-je dit ? quel transport ?
Ciel ! ay-je rompu le silence ?
L'Amour à mon respect a-t-il fait violence ?
Ah ! vos yeux irritez m'instruisent de mon sort ;
J'y vois tout mon malheur & toute mon offense,
Mon feu s'est découvert, j'ay merité la mort.

SCENE V.

DIANE, ENDIMION, LES HEURES.

UNE DES HEURES, à DIANE.

Du grand Astre des jours la mourante lumiere,
Va dans quelques moments s'éteindre au fond
    des Mers ;
    Commencez vôtre carriere,
    Et confolez l'Univers.

DIANE.

Que mon Char en ces lieux defcende ;
Vents, partez, je vous le commande.

DANSES DES HEURES,
Tandis que le Char defcend.

CHOEUR DES HEURES.

Répandez Répandez vôtre douce clart
Diffipez de la nuit l'obfcurité profonde ;
    Vous devez la lumiere au monde,
    Lorfque le Soleil l'a quitté.

UNE

UNE DES HEURES.

Quand la nuit dans les airs répand ses voiles sombres,
Vous recommencez vôtre cours ;
D'un seul de vos regards vous diffipez les ombres
Qui favorifoient les Amours.

On danfe.

UNE DES HEURES.

Du Dieu qui regne dans Cythere ,
Vous troublez les foins les plus doux ,
Vous en banniffez le miftere ,
Vous éclairez les yeux jaloux.

UNE DES HEURES,
Et le Chœur alternativement.

Que l'ardeur de fervir une aimable Immortelle ,
Faffe nos foins les plus charmants :
Si nous avons d'heureux moments ,
Ne les employons que pour Elle ;
Ne fervons jamais les Amants.

Diane monte dans fon Char.

S C E N E VI.
E N D I M I O N.

ELle part ! & me laiſſe en ce lieu ſolitaire !
Elle ne daigne pas m'exprimer ſa colere.
Il luy ſuffit de me livrer
Au déſeſpoir mortel qui doit me déchirer.

Fatal égarement, tranſport que je déteſte ,
Tout eſt perdu pour moy, vous m'avez fait parler;
J'ay rendu criminel par un aveu funeſte
Le plus beau feu dont on puiſſe brûler ;

Cachons-nous pour jamais aux beaux yeux qui m'en-
chantent ,
Je faiſois de les voir mon bonheur le plus doux ;
Mais ils redoubleroient les maux qui me tourmentent,
Je verrois leur juſte courroux.

Allons finir nos jours dans d'éternelles larmes ;
Deſerts, qui pouvez ſeuls avoir pour moy des charmes,
Ouvrez vos Antres ténébreux,
Pour recevoir un malheureux.

FIN DU QUATRIE'ME ACTE.

ACTE CINQUIE'ME.

Le Theâtre repréſente un Antre du Mont Latmos,
au fond duquel Endimion paroît endormy.

SCENE PREMIERE.

ENDIMION endormy.

TROUPE D'AMOURS.

Rêtez vôtre ſecours à ce Berger aimable ;
Dieu du Sommeil, rendez-luy le repos.

   Il céde au tourment qui l'accable ;
Dieu du Sommeil, rendez-luy le repos,
    Un amant miſerable
    A beſoin de tous vos pavots.

DEUX AMOURS.

Quelle eſt cette clarté naiſſante
Au milieu de l'obſcurité !
Peut-être une Déeſſe Amante
Deſcend dans cet Antre écarté.

F ij

DEUX AUTRES AMOURS.

C'eſt Diane ; Elle vient revoir ce qu'elle adore,
    Cachons-nous à ſes yeux ;
Taiſons-nous ; il faut qu'Elle ignore
    Que les Amours ſont en ces lieux.

S C E N E II.

D I A N E.

Puis-je encore me reconnoître ?
L'Amour du haut des Cieux me force à diſparoître;
Je refuſe aux Mortels ſaiſis d'un juſte effroy,
    La lumiere que je leur doy.

Le Berger que renferme un Antre ſi ſauvage,
Par ſa vive douleur a trop ſçû m'allarmer.
Nobles ſoins, que le ſort m'a donnez en partage,
N'attendez rien de moy; je ne ſçais plus qu'aimer.

Je puis en liberté voir icy ce que j'aime,
    Le Sommeil ſuſpend ſon ennuy.
Ce temps m'eſt précieux, puiſqu'il ne peut luy-même
    Sçavoir ce que je fais pour luy.

Mais quoy ! faut-il toûjours soûpirer & me taire ?
Ses vertus, son respect sincere,
Ses tourments, & tous mes combats,
Pour me justifier ne suffiroient-ils pas ?

Qu'il sorte d'un sommeil où sa doleur mortelle
Peut-être encor agite ses esprits ;
Qu'il sçache... O Ciel !.. quel dessein ay-je pris ?
Non, reprenons mon cours, l'Univers me rapelle.
Quel charme me retient ? Fuyons. Quoy ? Je ne puis ?
Ah ! Fuyons ; Je sens trop le peril où je suis ;

Mais, helas ! qu'ay-je fait ?

SCENE III.

DIANE, ENDIMION.

ENDIMION, qui s'éveille.

Que voy-je ? Quoy, Déesse ?
Vous venez pour punir un amour qui vous blesse ?
Ah ! mon trépas étoit certain ;
Il alloit vous venger de ma coupable audace :
Mais je tiendray pour une grace,
Que de si justes coups partent de vôtre main.

 E N D I M I O N,

D I A N E.

Comment dans mes regards voyez-vous de la haine!

E N D I M I O N.

Contentez le courroux qui vous guide en ces lieux.

D I A N E.

Ne me pouvois-je pas venger du haut des Cieux?

E N D I M I O N.

Par ce discours obscur vous redoublez ma peine,
Je ne veux que mourir, & mourir à vos yeux.

D I A N E.

Il faut , il faut enfin cesser d'être incertaine.

Aprenez vôtre sort , je ne puis plus cacher
   Que mon superbe cœur soûpire.
   Vos vertus m'avoient sçû toucher,
Vôtre respect me contraint à le dire.

E N D I M I O N.

Qu'ay-je entendu ? Non, non, mes sens sont abusez,
   Et ce songe va disparoître.

D I A N E.

Quoy? mon amour me fait-il méconnoître
   Par vous-même qui le causez ?

E N D I M I O N.

Déeſſe, il eſt donc vray? Quelle ardeur... quel hommage..
Tout mon cœur... De mon trouble entendez le langage,
Je ne ſuis pas digne d'un ſort ſi doux,
Si je n'en meurs à vos genôux.

Pardonnez aux ſoûpirs qu'un Berger vous adreſſe,
Du moins je ne ſens point mon cœur ſe partager;
Ce ſont vos charmes ſeuls qui ſçavent m'engager;
Je ne vois point que vous êtes Déeſſe.

D I A N E.

A vos ſeules vertus j'ay donné ma tendreſſe;
Je ne vois point que vous êtes Berger.

Mon cœur ſe croyoit invincible,
Mais vous l'avez déſarmé.

E N D I M I O N.

Sans vous, j'étois inſenſible;
Sans vous, je n'euſſe point aimé.

E N S E M B L E.

Mon cœur ſe croyoit invincible,
Mais vous l'avez déſarmé.
Sans vous, j'étois inſenſible;
Sans vous, je n'euſſe point aimé.

D I A N E.

Aimable Endimion, cet Antre deformais
Sera le feul témoin de nôtre intelligence,
La nuit & le filence
Y conduiront mes pas fous leurs voiles épais.

S C E N E I V.

L'A M O U R, D I A N E, E N D I M I O N.

L'A M O U R.

Non, je ne confens point à perdre ainfi ma gloire.

D I A N E.

Que voy-je ! & qui l'auroit pû croire ?

L'A M O U R.

Antre difparoiffez , fuyez , obfcure nuit;
Que tout l'Univers foit inftruit
De ma plus brillante victoire.

Le Thâtre fe change , & devient un Jardin
delicieux.

D I A N E.

C'eft trop contre Diane exercer de rigueurs.

A de moindres Vainqueurs
D'un éclat odieux laiffe la gloire vaine;
N'effarouche point d'autres cœurs,
Qui voudroient en fecret porter ta douce chaîne.
L'A M O U R.

L'AMOUR.

Je me rends : calme tes regrets ;
Tes vœux seront comblez, que tes craintes finissent ;
Les Amours quelquefois sçavent être discrets :
Mais de ma gloire au moins que ces lieux retentissent.

SCENE CINQUIE'ME
ET DERNIERE.

L'AMOUR, DIANE, ENDIMION,
Troupe d'AMOURS, DE JEUX,
ET DE PLAISIRS.

L'AMOUR.

FOrmez les plus aimables jeux
Pour le Dieu de Cythere.

CHOEUR DES AMOURS.
Formons les plus aimables jeux
Pour le Dieu de Cythere.

L'AMOUR.
De ces tendres Amants favorisez les feux.

LE CHOEUR.
Formons les plus aimables jeux
Pour le Dieu de Cythere.

G

L'AMOUR.

L'Amour veut qu'en ces lieux tout conspire à leur plaire:
De ces tendres Amants favorisez les feux.

LE CHOEUR.

Formons les plus aimables jeux
Pour le Dieu de Cythere.

On danse.

DIANE.

Dieu favorable,
Dieu secourable,
Dieu des Amants,
Que tes biens sont charmants!
Ta douce flâme
Bannit d'une ame
Le souvenir de ses tourments.

Si dans tes chaînes
Il est des peines,
Que de plaisirs
Succedent aux soûpirs!

Douceur extrême,
Bonheur suprême,
Tu vas plus loin que mes desirs.

Dieu favorable,
Dieu secourable,
Dieu des Amants,
Que tes biens sont charmants!
Ta douce flâme
Bannit d'une ame
Le souvenir de ses tourments.

L' A M O U R.

Regnez, Plaisirs, brillez dans ces Retraites;
Tout s'embellit dans les lieux où vous êtes,
Volez, jeunes Zephirs, faites naître les fleurs,
Enchantez les yeux & les cœurs.

FIN DU CINQUIE'ME ACTE.

A P R O B A T I O N.

J'A Y lû par ordre de Monseigneur le Garde des Sceaux, ENDIMION, *Pastorale Heroïque* ; Et j'ay cru que le Public en verroit l'Impression avec plaisir. Fait à Paris, ce onze May mil sept cent trente-un. Signé GALLYOT.

PRIVILEGE DU ROY.

LOUIS par la grace de Dieu, Roy de France & de Navarre : A nos amez & feaux Conseillers, les Gens tenant nos Cours de Parlement, Maîtres des Requêtes ordinaires de nôtre Hôtel, Grand Conseil, Prevôt de Paris, Baillifs, Sénéchaux, leurs Lieutenans-Civils, & autres nos Justiciers qu'il appartiendra, Salut. Les Sieurs Besnier, Avocat en Parlement, Chomat, Duchesne, & de la Val de S. Pont, Bourgeois de nôtre bonne Ville de Paris ; Nous ont fait remontrer, qu'en consequence de l'Arrest de nôtre Conseil du 12. Decembre 1711. du Traité fait entr'eux & les Sieurs de Francine & Dumont, le 24. desdits Mois & An, & de nos Lettres Patentes du 8. Janvier ensuivant, confirmatives dudit Traité ; Ils auroient acquis le Privilege, de faire representer les Opera durant le temps de vingt années, à compter du 20. Aoust 1712. ainsi que le Privilege de la vente des Paroles desdits Opera, lesquelles ils desireroient faire imprimer pour les donner au Public, s'il Nous plaisoit leur accorder nos Lettres de Privilege sur ce necessaires : A CES CAUSES ; desirant favorablement traiter les Exposants, attendu les charges dont l'Academie Royale de Musique se trouve oberée, & les grandes dépenses qu'il convient de faire, tant pour l'Impression que pour la Gravûre en Taille-douce des Planches dont ce Livre sera orné ; Nous leur avons permis & permettons par ces Presentes, de faire imprimer & graver les Paroles & la Musique de tous lesdits Opera, qui ont été ou qui seront representez par l'Academie Royale de Musique, tant separément que conjointement, en telle forme, marge, caractere, nombre de Volumes & de fois que bon leur semblera, & de les vendre & debiter par tout nôtre Royaume pendant le temps de dix-neuf années consecutives, à compter du jour de la datte desdites Presentes. Faisons défenses à toutes personnes, de quelque qualité & condition qu'elles puissent être, d'en introduire d'impression étrangere, dans aucun lieu de nôtre obeïssance : Et à tous Imprimeurs, Libraires, Graveurs, & autres, d'imprimer, faire imprimer, vendre, faire vendre, débiter ny contrefaire lesdites Impressions, Planches & Figures, en tout ny en partie, sans la permission expresse & par écrit desdits Sieurs Exposans, ou de ceux qui auront droit d'eux, à peine de confiscation des Exemplaires contrefaits, de six mille livres d'amende contre chacun des Contrevenants, dont un tiers à Nous, un tiers à l'Hôtel-Dieu de Paris, l'autre tiers ausdits Sieurs Exposans, & de tous dépens, dommages & interests, à la charge que ces Presentes seront enregistrées tout au long sur le Registre de la Communauté des Imprimeurs & Libraires de Paris, & ce dans trois Mois de la datte d'icelles ; que la gravûre & impression desdits Opera sera faite dans nôtre Royaume & non ailleurs, en bon papier & en beaux caracteres, conformément aux Reglemens de la Librairie, & qu'avant de les exposer en vente, il en sera mis deux Exemplaires dans nôtre Bibliotheque publique, un dans celle de nôtre Château du Louvre, un autre dans celle de nôtre tres-cher & feal Chevalier Chancelier de France, le Sieur Phelypeaux, Comte de Pontchartrain, Commandeur de nos Ordres ; Le tout à peine de nullité des Presentes ; Du contenu desquelles vous mandons & enjoignons de faire joüir lesdits Sieurs Exposans, ou leurs Ayants-cause, pleinement & paisiblement, sans souffrir qu'il leur soit fait aucun trouble ou empeschement. Voulons que la Copie desdites Presentes, qui sera imprimée au commencement ou à la fin desdits Opera, soit tenuë pour düement signifiée ; & qu'aux Copies collationnées par l'un de nos amez & feaux Conseillers & Secretaires, foy soit ajoûtée comme à l'Original. Commandons au premier nôtre Huissier ou Sergent, de faire pour l'execution d'icelles tous Actes requis & necessaires, sans demander autre permission, & nonobstant Clameur de Haro, Charte Normande & Lettres à ce contraires. CAR tel est nôtre plaisir. DONNE' à Versailles le vingtiéme jour d'Aoust l'An de Grace mil sept cent treize, & de nôtre Regne le soixante-onziéme, Par le Roy en son Conseil. Signé BESNIER, avec paraphe, & scellé.

Registré sur le Registre N°. III. de la Communauté des Libraires & Imprimeurs de Paris, Page 648 N°. 741. conformément aux Reglemens, & notamment à l'Arrest du 30. Aoust 1703. Fait à Paris ce 12. Septembre 1713. Signé, L. JOSSE, Syndic.

Par Traité passé, DE L'ORDRE DU ROY, pardevant Notaires, le 22. Novembre 1727. entre l'Academie Royale de Musique, & le Sr. BALLARD, Seul Imprimeur du Roy, &c. Il est Cessionnaire de ladite Academie, pour ce qui regarde les Livres mentionnez au Privilege cy-dessus.